KB134261

설산 국경

우대식
시집

문예
중앙
시선
024

설산 국경

우대식
시집

문예
중앙

주막에서 보내는 날들이 저물어간다

가물가물한 해가 완전히 지고 나면

다른 지옥으로 방랑을 떠날 것이다

나 아닌 다른 神을 만나고 싶다

반갑고 슬프고 지랄 같은 눈발 속에서

불온한 나의 생각은 용서받을 수 있나

용서받을 필요는 있나

용서하라, 용서하라, 용서하시라

차례

1부

시(詩)

시는 나를 일찍 떠난 어머니였으며
왜소했던 아버지의 그림자였으며
쓸쓸한 내 성기를 쓰다듬어주던 늙은 창녀였으며
머리에 흐르던 고름을 짜주던 시골 보건소 선생이었다
시는
마당가에 날리는 재〔灰〕였으며
길을 잃고 강물 따라 흐르는 밀짚모자였다
폭풍 전야, 풀을 뜯는 개였으며
탱자나무 가시 아래 모인 새이기도 하였다
늘 피가 모자라 어지러워하던
한 소년이 주먹을 힘껏 모았다 펴면
가늘게 떨리는 정맥
그곳에 시가 파랗게 질려 있었다

의심

사람은 참말로 알 수 없는 것이어서 신께서 내게 옷 한 벌 지어주셨다. 의심이라는 환한 옷, 얼마나 잘 어울리는지 잠을 잘 때도 벗지 않는다. 견고한 이 한 벌의 옷을 입고 사람을 만나고 술을 마신다. 나는 너를 의심한다. 잠들지 못하는 밤을 위해 의심이 내 등을 다독인다. 내가 너를 지키마. 편히 쉬어라. 어떤 평안이 광배처럼 나를 둘러싸고 있었다. 당신은 나의 아버지이고 전지전능하사 나를 보호하시며 한없이 사랑하시도다. 꿈속에서 나의 찬양은 오래도록 울려 퍼졌다. 배화교도처럼 의심의 불을 조용히 밝히고 내 아버지마저 그 제단에 바치기로 결심한 어느 새벽, 당신도 내 의심의 눈길을 피할 수 없다고 고백했을 때 천둥과 벼락으로 인해 하얀 의심의 옷이 더 하얗게 빛나고 있었다.

철창

사선(斜線)의 철창을 몸 안에 박았다
살을 헤집고 철창을 박은 다음
콘크리트를 개어 발랐다
살 속으로 스미는 짠물
완연히 빛나는 철창을 부여잡은
두 손이 있다
아직 덜 굳은 철창을 흔들 때마다
명치끝이 아프다
어느 순간
손이 사라진다
검은 몸 어딘가로 서서히 떨어지는 손이 있다
완강한 강물 소리
혹, 녹슨 망치 소리
어떤 관념과도 면회가 금지된 날
다시,
철창을 부여잡으려는
검은 손 하나가 떠오르고 있었다

진부에서 한 철

진부에 눈이 오나요
7번 국도로 가는 마음들은,
해변의 눈발들은,
진부에서 시작하나요
진부에서 사람들은
등불을 내려놓나요
칠흑,
빛나는 어둠이 진부의 밤하늘인가요
진부에서 부는 덜컹거리는 바람은
사람의 마음을 아시나요
젖다가 얼다가
한곳을 응시할 수밖에 없는 눈동자를
진부는 아파하시나요
영(嶺)을 넘어
온몸에 힘을 뺀 채
해변을 날아오르는 사람의 꿈을
진부는 바라보시나요

진부에 눈이 쌓이나요
큰 소리로 무너지나요

마방(馬幇)

차마고도로 가겠다
호수 곁으로 난 길, 맑고도 먼 하늘에 걸린
쓸쓸하고 날이 선 낮달 하나
한번은
차마고도를 걷는 마방으로 살겠다
수염에 고드름을 단 채
허공의 길을 걷겠다
야크 목에 달린 종소리처럼
하나의 파문이 되어
눈 속을 헤치겠다
거대하고 깜깜한 산을 마주하고
지상에 불을 지펴
두 개 빛나는 눈동자로 경(經)을 읊겠다
나와 나 아닌 것들을 만나
화톳불에 붉은 손을 내밀고
잠을 청하겠다
끝도 없는 잠 속에서
뚝,

한 방울 눈물을 남긴 채
지상으로부터
사라지겠다

카페 바그다드에서 쓰는 엽서

백야의 사막
검푸른 빛이 하늘을 두른 채
간혹 불어오는 모래바람
카페 바그다드에서 사막의 일몰을 바라보며
엽서를 쓴다
부서진 한 척의 배가 쓸쓸히 휘파람을 불 때
오랫동안 당신을 생각하기도 하였지만
오랫동안 잊기도 하였다고
차도르를 쓴 美女의 긴 손가락이 찻잔을
들어 올린다
한 덩이 빵을 앞에 두고 길게 성호를 긋는 사제
여행이 끝나면
예수의 것은 예수에게로
알라의 것은 알라에게로 돌아가겠지만
나는 카페의 희부연 불빛 속에 남아
부서진 배 한쪽에 손을 얹고
모래바람 같은 여행자의 허밍을 듣겠다
골반에서 솟아나는,

그러나 사라지는 사람의 흐느낌

별이라고 하는 상상의 사물을 가슴에 달고

폭풍이 지나간 후에 올

하늘과 바람을 생각하는 일

달고도 약간은 질긴 구름을 씹는 일

엽서를 쓰던 손이 모래에 묻힐 때

사랑이라는 말도

그대라는 말도

지상에서 깊은 인사를 나눌 것이다

초원에 새가 없다

그때 죽었다
멀리 아주 멀리부터
햇살이 이마를 쏠 때
컴컴한 게르 안에서
마두금이 연주될 때
한 여자가 물을 길어 천천히
초원을 걸어 푸른 하늘 아래로 뚝 떨어질 때
눈을 가늘게 뜨고 날아가는 한 마리 새를 찾았으나
쿵쿵 그들의 발자국 소리만 들릴 뿐
사랑이라는 말이, 날아간다는 말이
지상에 존재하지 않을 때
그때 죽었다
죽음이란 그런 것이라고
노래가 옷깃에 앉아 위로를 건넸으나
목구멍 깊은 곳에서 덩어리처럼 울려 나오는 소리에
또 다른 죽음을 느꼈다
가늘고 날카로운 현(絃)의 떨림
오오 이제 오느냐

디어 헌터

기다린다
사선(斜線)의 시학(詩學)이다
기울어진 각도다
이빨 빠진 그릇이다
그 자세다
북쪽에서
눈발이 몰아올 때면
기다림은 조금씩 기울지만
쓰러지지 않는다
응시한다
죽음 혹은 해탈
사슴 가죽신을 신고
그의 뿔을 빌려
눈이 흩날리는 산정에 선다
보라 기울어진 한 형태가
사슴이 되었다
보라
아흐 으흐흥

신폭(神瀑)에 들다

윈난성 신폭 아래
객잔에 들었다
숯불을 피우고 당신이 오기를 기다렸다
쿵쿵 발자국 소리가 들렸지만 먼 당신은
가끔 눈사태만 엽서처럼 보냈을 뿐
흔적이 없다
떡을 떼어 객잔의 창으로 흐르는 눈발에 섞어 먹었다
반야의 밤에 달이 떠오르면
야크의 젖퉁은 부풀어
신의 나라에서 온 것 같은 울음소리를 냈다
아무것도 나를 지우거나 세울 수 없다고 생각한 적이
있다
붉은 숯불이 잦아든다
국경 아래 뜬 달이 조금씩 기울면서
그 아래를 걷는 당신의 모습이 보인 듯도 했다
환상 속의 당신
그대 어깨가 붉어진다
아뇩다라삼먁삼보리

무명도 무명의 다함도 없다는 설산 국경에서
영원히 만날 수 없는 당신을
기다리던 한 생(生)이 있다

생각의 정거장에서 보내는 엽서

마지막 꽃잎이 지는
오월 저녁
블랙 사바스의 체인지
바꾸고 싶다
이 끝과 저 끝
사람과 짐승
뒤바꾸어놓고 술 한잔
여보세요
여기가 저쪽인가요 이쪽인가요
지구는 여전히 아름답지요?
이방의 별에서 도착한 엽서
신은 죽었다
이 사람을 보라
생각의 정거장에서
오랫동안 버스를 기다립니다
낮술은 왼쪽 뇌를 물어뜯어
두 눈을 충혈시키고

붉다,
붉은 금이 가고 있습니다

목사리 개가 이 세상에 고함
— 반지름을 넘어

진실로
우리는 푸른 세상 아래 살았다 할 수 없다
그것은 하나의 배경이었을 뿐
아름다운 배경이 슬픔이라는 것을 아는가
우리가 디딘 지구 한편
땅바닥은 단단하게 굳어간다
그대들이 건넨 한 끼 밥,
감사를 드리겠다
우리가 밀어낸 생의 마지막 것에 대해서
그대들도 그리 생각해주기를 바란다
끈의 반지름이 우리들 세상이다
딱딱한 땅에서 솟아오른 잡초를 보며
희망을 키우는 짓 따위는 하지 않았다
하늘에 떠오르는 그믐달을
죄스럽게 바라본 적은 있다
살아 있는 것으로서의 죄스러움
들로 나간 고양이들에게 존경의 염원을 담아 보낸다
더러 그들과 밥을 나누는 것은 우리가 멍청하거나

그들을 두려워해서도 아니다
그들이 내뿜는 자유의 냄새
우리는 비를 사랑한다
비가 오는 날 반지름의 산책은 남다르다
심장을 녹이는 사상충도
우리의 영혼을 녹일 수는 없다
우리의 영혼은 반지름을 넘어
그토록 갈았던 이빨로 모든 사물을
찢어보고 싶을 뿐이다
멈추지 않을 것이다

이력

누가 이력을 묻는다면
내 치욕의 성명서를 보여주겠다
원래의 나로 돌아가기 위해
밤거리를 헤매었지만
아무도 집을 가르쳐주지는 않았다
본래의 나는 유령처럼 나타나
가짜의 내가 돌아갈 수 없음을 비웃었지만
나는 크게 결심하였다
나는 간다
내가 도달한 곳이 본래(本來)이다
돌아가는 것은 하나도 없다
낯선 두려움에 대한 위로일 뿐
간절함이란 이런 것
한숨 잠이 깨고 나면
달콤한 물을 한 잔 다오
아버지도 어머니도 실은 팽팽한 활시위에 놓인
내 굴욕의 촉이었음을 고백한다
시위가 끊어지도록 당겼다가 쏘아버린

어느 푸른 창공에서
한 인간의 굴욕이 음각된 것을
선명히 바라보는 삼월의 오전이다

꿈

간밤에 꿈을 꾸었다. 두 눈이 멀어 누군가에게 길을 묻는 꿈. 문득 아내도 아이들도 없고 지팡이 하나만 내 손에 쥐어져 있었다. 누가 손에 이것을 쥐어주었을까. 혹 나를 버리며 건넨 마지막 위무의 선물은 아니었을까. 눈이 먼다는 것은 깊은 슬픔이었다. 말을 건네면 소리가 들려왔다. 누구의 소리인지 알 수 없었다. 산동지방의 방언 같기도 하고 깊은 산맥에서 울려 나오는 잔향 같기도 하였다. 차라리 죽음에 이르는 길이었으면 바라기도 하였다. 옹달샘에 이르러 찬물로 목을 적시고 바위에 앉아 있을 때 새 한 마리가 날아가며 어깨를 툭 치기도 하였다. 눈이 먼 내가 눈을 감고 어느 먼 봄날의 평화를 그리워하고 있을 때 낡고 화려한 문양의 천을 걸친 늙은 여자가 내 몸을 지나갔다. 살아야 한다. 살아야 한다. 꿈속에서 내 이름이었다. 누군가 큰 소리로 나를 불렀다. "살아야 한다." 지팡이를 짚고 벌떡 일어서다 잠이 깬 음력 이월의 어느 날이었다. 신발은 신은 채였다.

유서(遺書)

바람이 분다고 쓴다
바람은 무기질처럼 얼굴을 핥고 지나간다 아니
정확히 말하면 호흡을 타고 들어와 나라고 불리는
존재가 되었다
나는 바람의 후레자식
압록역을 지나며
푸른 강물에 내 모든 것을 던졌다고 생각했다
생각했다
생각의 한계에 대해서는
다음 어느 날 생각하기로 한다
물향기 수목원에서 칼을 든 한 그루 나무를 보았다
어느 순간도 자족하지 않는 자세,
불편함으로 이어가는 삶도 있다
모든 것은 끝이 있다고 하지만 그렇지 않다
생각의 힘줄은 거미줄처럼 남아
이 세상을 지배할 것이다
살아 있다 살아 있다
이를 내 유서라 하자

바람이 보내는 경배

낮은 구름이 비를 몰고 와 스쳐간다
고원(高原)에서,
보낼 것은 보내고 누군가를 기다리기로 한다
돌담 낮은 처마 아래 앉아서 누군가를
기다린다는 것
오—이 길게 짐승 부르는 소리를 들으며
눈을 감는다
넓고도 높은 구릉으로 오르는 길에는 단 한 그루
나무가 서 있을 뿐이다
나무에는 푸르고 붉은 힘줄이 엉켜 있다
대지 깊은 곳으로 혈육을 찾아가는 그의 여행은
아주 오래도록 지속될 것이며
한순간에 끝날 일이다
색이 바랜 달력이 걸려 있는 벽에 기대어
한 계절을 보내고 일어났을 때
아무것도 오지 않았고 사람은 늙어버렸다
한 철을 떠돌다 돌아온 산장지기는 깊은 목례를 보낸다
한자리에 있는 자에 대한 경례

바람이 보내는 경배를 받으며
다시 고원에 섰을 때
나무도 구릉도 모두 사라지고
짐승 부르는 먼 메아리마저 끊어졌다
자신이 디딘 중력을 잠시 잊고
새 한 마리가 탐욕의 비상을 멈춘 채
허공 한 지점에 오래도록 머물러 있었던 것이다

바람의 사원

바람의 사원 흰 회벽에
두 줄기 눈물이 아로새겨져 있다
바람의 사원은
천국으로 가는 입구이거나
천 길의 낭떠러지
음각, 나의 사랑을 파재끼기로 한다
세모꼴의 칼을 들고 직선의 사랑을
낭자한 피로 물들인다
두렵습니까
칼이 말을 걸어왔다
떨리는 목소리가 내 안에서 밀려 나온다
몽골 대초원에서 들었던 울림
이예
공손한 나의 대답이 초원으로 쓸려간다
한 번도 들어본 일이 없던 노래가 흐른다
알 수 없다
알 수 없다는 것
혼돈의 땅 위에 나는 발을 딛고 서 있다

시간이 많지 않다
바람의 사원에 무릎을 꿇고
머리를 처박는다
바람이여
다시는 나를 이곳으로 인도하지 마라
허무의 모가지, 모가지
고향을 떠난 염치없는 이리들이 들판을
배회한다

어린 마부와 양

어린 마부의 옷에서 양의 피 냄새가 돌았다. 흑운 한
울이라는 몽고의 깊은 초원에 와서 말을 탔다. 어린 말
은 힘에 겨워 구릉을 오르며 깊은 숨을 몰아쉰다. 역겨
운 향내가 피어나는 암자에 들어 경전을 돌리다 문득
한 마리 양이 되어 얌전히 두 발을 모으고 먼 곳을 바라
보았다. 그때, 어린 마부는 작은 돌 위에 앉아 코를 홀
쩍이다 나를 보고 빙그레 웃음을 던졌다. 내 머리를 쓰
다듬어주었다. 매우 즐거웠다. 어린 마부는 구름을 떼
어 내 입에 넣어주었다. 구름은 먹어도 배가 부르지 않
아요. 그러나 기분은 좋아지지요. 몽골 말을 알아듣지
못했지만 가만히 구름을 받아먹었다.

2부

검은 빗속에서

담배 한 갑
커피 넉 잔
저 끝에 소주 한 병
공을 치는 하루
빗방울이 발목까지 왔다 가고
완강한 심줄이 돋아난
몸을 다독여
자리에 눕히는
창밖에는 비
몸은 진진(津津)
흑인 영가처럼 혼자 부르는 노래
내가 어렸을 적
내가 어렸을 적
지금과 똑같이 검은 영혼이었네
빗속에서
검은 빗속에서,

맘고생

막 눈 뜬 강아지,
맑고 맹맹한 눈을 들여다보다가
부처님께서 속가(俗家)에 남겨두었다는
아들 이야기가 떠올랐다
단 하나뿐인 혈육을 잊어버리는 방법
살아서 영원히 헤어지는 방법
진눈깨비 내리는 오늘 같은 날
식육점에 들러
생삼겹살을 사다가
아이들과 구워 먹을까
내 맘도 고생이 많다

빈집

　청풍면 천주교 공소에 갔다. 빈집이라 생각했다. 틀렸다. 해맑은 수녀님이 아침나절 TV를 보다가 인기척에 보여준 미소, 손에는 묵주가 들려 있었다. 얇은 바람에도 흔들리는 수녀복 치맛귀를 잡고 나오는 다른 한쪽 팔목에 파란 정맥이 돋아 있었다. 된장국에 떠 있던 몇 낱 올갱이만큼 파란 핏줄들. 공소, 아니 빈집을 지키는 사람들의 피는 푸르다. 시편 한 구절이 떠올랐다. "모든 육체에 식물을 주신 이에게 감사하라." 식물을 일용할 양식과 같은 그 무엇이 아니라 인간의 본성과 같은 것으로 생각하였다. 서른 평 남짓 꽃 핀 공소 마당에서 내 몸에 돋아난 식물을 뜯어 먹었다. 마음 사방(四方)이 고요했다.

방문

눈이 내리는 날 친구가 온다
눈은 친구의 그림자에 내린다
큰 창문을 열면
막걸리 잔으로 녹아드는 눈
눈은 친구 심장 부근
차가운 선로(線路) 위에 내린다
살얼음 낀 동치미 국물을 뜨는
친구의 손이 떨린다
수평을 놓친 맑은 국물이
수저에서 흘러내려 상 위로
떨어지는 정월 보름 즈음
내리는 눈 속에 언뜻
달무리가 보이는 듯도 했다

국기에 대한 맹세에 대한 명상

고등학교 시절
나의 오른손은 정확히 왼쪽 심장에 닿아 있었다
오른손이 점점 내려온다
어느 날 보니 배 가까이 내려와 있었다
심장보다 배가 더 중요한 나이가 된 것인지
슬슬 쓰다듬기까지 한다
국기에 대한 나의 맹세는
점점 싸가지가 없어져가는 모양이다
국가가 나한테 해준 게 뭐냐고 소리치는 개그를 볼 때
마다
괜히 시원하다
고등학교 시절로 돌아간다면
삼청교육대 갈 일이다
학교 옥상에서 봉체조 좀 했을 것이다
그때 나는 규율부였다

유폐

시골 마을에는 아이들이 별로 없다
오래되었다
시골 마을에는 할머니 할아버지가
엄마 아빠인 줄 아는 아이들이 많다
학교는 아이들에게
할머니 할아버지는 할머니 할아버지
엄마 아빠는 엄마 아빠라는 것을 가르친다
아이들은 점점 똑똑해지고
점점 슬퍼진다
예전처럼
산에 올라 나무 짚고 서서 무엇을 생각하거나
누구의 이름을 부르지 않는다
산으로 올라가는 길도 제대로 나 있지 않다
일곱시만 넘으면 대문이 잠기고
할머니가 보는 연속극 보며
함께 울고 웃는
긴 밤의 유폐

마흔네 번째 반성

집에서 키우는 개가 낳은 새끼
여섯 마리를 다 죽인 후 알았다
나는 가짜다
마흔세 번을 반성했지만
그것도 가짜다
간절하게 불렀던 신의 이름도
그때 그랬을 뿐이다
텅 빈 그 무엇이 되고자 한다고 말했다
거짓말이다
겨울 저녁
간장에 감자를 졸이던 냄새가 난다
희부연 냄새가 골목길에 진동한다
어린 시절이었다
집에 가고 싶다

독촉

지난밤
베개를 가슴에 묻고 뒤척였지만
시 한 구절 건지지 못하고
오래전 쓴 시를 뒤적이다가
'의'와 '은'
두 글자를 빼고
시의 나라에서 퇴근하였다
저축은커녕
또 빚을 지고
일상의 나라로 귀환하였다
쓸쓸하고 빛나는
빚 독촉

그, 사이

햇살이 부르튼 초봄 강가에서
햇살과 여울 사이,
눈이 부셔 눈조차 뜰 수 없는
그 사이
당신과 나의 따뜻한
얼음 이불 한 채
잠든 당신은 영 깨지를 않고
눈먼 사내가
순은(純銀)의 비단길을 걸어가는
햇살과 여울
그, 사이

밤과 낮

인간을 생각해보았다
운명이라는 것을 생각해보았다
다시 남녀 간의 합체에 대해
생각해보는 겨울이다
눈 내리는 겨울밤이다
남녀 간의 그 짓을 곱게 생각해보는 중이다
인간의 그 짓이
늘 발현될 수 있다는 것은
고맙고도 대자대비한 일
만약
인간이 밤에도 낮에 하던 짓을
계속해야 한다면
불모의 지상에서 신도 떠나실 것이다
낮과 밤은
다르다

땅

땅 참 좋다
오줌도 똥도 다 없어진다
사람도 땅에 누우면 사라진다
미래도 녹인다
부처도 녹인다
땅 깊은 속에는
불이 끓고 있다
끓는 불 속으로 손을 쑥 집어넣어본다
그 안에 똥도 오줌도 사람도
딱딱한 별이 되어
하늘에 걸려 있다
별들이 많다
땅은 지상의 쓰레기를 모아
별을 만들고 있다

먼 날

화롯불에 호박 된장국이 뉘엿뉘엿
졸아가던 겨울밤
육백을 치다가
짧게 썬 파와 깨소금을 얹은 간장에
청포묵을 찍어 먹던 어른들 옆에서
찢어낸 일력(日曆) 뒷장에
한글을 열심히 썼던 먼 날
토방 쪽 창호문을 툭툭 치던
눈이 내리면
이젠 없는 먼 어머니는
고무신에 내린 눈을 털어
마루에 얹어놓고
어둠과 흰 눈 아래를 돌돌 흐르던
얼지 않은 물소리 몇,
이제 돌아오지 않는 먼 밤
돌아갈 귀(歸) 한 글자를 생각하면
내 돌아갈 곳이
겨울밤 창호문 열린 토방 한구석임을

선뜻
알 것도 같다

달력

달력을 샀다
세월을 산 것
만 원짜리 세월을 사서
돌아오는 저녁 길
인디언 음악이 들려오고
괜찮다고
등을 두드리는 희디흰 눈발
달력을 샀다
태어나 처음
세월을 산 것이다
눈 속에 남은 붉은 산수유 열매처럼
환한 눈빛으로
남은 세월을 싸워야 한다
앞으로 더 많은 돈을 지불하며
세월을 사야 한다

목련

목련이 날렵하고 부드러운 새를
물고 있다
딱딱한 자신의 몸에서
지상을 향해 희디흰 천 마리 새를 내뿜으려고
호흡을 가다듬는 중이다
숨소리가 들린다
흰 빛깔에 알맞은 햇살 한 줌이면
지상은 온통 새들의 세상이다
새는 사람의 마음을 물고
높이, 멀리
날아간다
비가
오기 전까지

안심

가끔 신(神)을 부르고 싶다. 머리를 조아리고 울고 싶다. 모든 파도와 물결이 끝난 오후에, 다시 신도 잊어버리고 물속의 잠에서 깨어난 생명처럼 죄짓고 살고 싶다. 나는 여태 이것을 위해 살았나 보다. 살고 싶다는 말을 하기 위해, 죄짓고 싶다는 말을 하기 위해. 어느 때도, 나의 기도는 받아들여진 적이 없다. 안심이다.

심란(心亂)

금수산 정방사 조그마한 절집
그 뒤로 선 우뚝한 절벽은 축축이 젖어
암석 처마 밑 떨어지는 낙숫물 소리
산을 내려가기도 싫고
방 안에 들기도 싫어
툇마루에 앉아 낙숫물 소리
마음의 전란(戰亂)은 가라앉지 않고
창을 꼬나들고 달리는 심란(心亂)
비 그치지 않는 저녁나절
중얼대는 스님
유황 성냥을 그어 촛불을 올리는
늦여름
마음은 천 리,

3부

정거장 그리고 낙타

정거장에서 한 여자와 그리고 또 다른 한 여자를 기다리며 오래 서 있었을 때 한 여자는 집을 나섰다는 연락이 오고 다른 한 여자는 기다리고 있다는 연락이 왔다. 기다림으로 한 계절이 흘렀을 때 낙타 한 마리가 정거장 주변의 마른 풀을 뜯고 있었다. 콘크리트 틈으로 얼굴을 내민 시든 풀을 찾아 지하에서 지상으로 오천 킬로미터를 돌아 다시 정거장에 섰을 때 사막의 대상(隊商)들만 점점(點點)이 오갈 뿐 기다림이란 없었다. 낙타에게 기다림 없는 나머지 생이란 도대체 무엇인가? 오랜 기억을 더듬어 옛집을 찾아간다. 평택, 낯익은 이름 같기도 하고 낯설기도 하다. 어쩌면 세상의 모든 것은 그러하다. 당신도 그러하다. 떠오른다. 당신이 물을 길어 올린다. 물에서 풀 냄새가 난다. 당신의 손이 담긴 냄새다. 향기의 진원을 찾아 낙타는 걸어간다. 세상의 모든 기다림이 끝났을 때 옛집을 찾아가는 낙타, 정거장은 여전히 석양 중이다.

위태로운 사랑

어둡던 하루가 지나간다
공장 굴뚝에서 하루 종일 흰 연기가 쏟아져 나오고
회색 구름은 내 가슴 아래까지 내려와 있다
당신도 그 구름 어딘가에 숨어 있다
비타민을 조금 잘라 당신에게 내민다
구름 속으로 쑥 들어간 내 손을 무언가 핥는다
당신이라 믿는다
믿는다
손이 젖어간다
눈을 뜬다
온통 당신이다
온통 붉다는 말이다
내 손이 제자리로 돌아왔을 때
아무것도 없기를 기도했다
내 젖은 손도 당신의 혀도
붉은 모든 당신도
지상에는 존재하지 않기를
슬프도록 기도했다

검은 구름은 지금 배꼽 아래 와 있다
위태로운 당신의 사랑이 내게 거의
닿고 있다는 말이다
피안으로 흘러가는 배처럼
당신과 나,

오래된 책

그늘에 앉아
내 오랜 책 한 권을 꺼내 읽는다
폭염의 나날들이라고 쓰여 있다
첫 장을 넘기며
"꽃도 없는 날들을 살아왔군"
"그런가"
떠다니는 기호들이 주고받는 말을 듣는다
당신과 나라고 쓰인 쪽을 펼친다
그 한가운데로 사막의 대상(隊商)들이 지나간다
약간의 현기증
그 어디에도 사랑이라는 문자는 없다
꼭 걸어서 당도하라는 당신의 부탁만이
활판(活版)의 문자로 새겨졌을 뿐
책 어느 중간에
방어진이라는 낱말이 떠오른다
"혹 이곳이 끝이라고 생각한 것은 아니겠지"
젖은 노을이 손을 내민 적은 있지만 나는 외면했다
나는 누구의 아들입니까

책의 마지막을 읽으며
혹 울지도 모른다고 생각했지만 그렇지 않았다
몇 자 가필도 생각했지만
꽃이 아닌 나의 운명을
받아들이기로 한다

왼손의 그늘

용서하라
용서하라
용서하시라
이 가을날 나의 사랑을
얼마 남지 않은 저 잔광의 빛으로
당신을 몰고 가는 일
그것이 내 연애법이다
그 몰입에 얼마나 당신이 괴로워했을 줄
모든 빛이 꺼지고
마네의 풀밭 위의 식사처럼
당신과 내가 어느 풀밭에 앉아 있다 하자
젓가락을 들어 당신은 내 입에 음식을 넣어준다
음식 밑에 바쳐진 당신의 왼손
그 아래로 그늘이 진다
왼손의 그늘,
지상에서 내 삶이란
당신이 만들어준 왼손의 그늘에서 놀다 가는 일
놀다가 가끔 당신이 그리워 우는 일

코스모스처럼 내 등을 툭 한번 쳐보다가
돌아가는 당신의 늦은 귀가
그림자가 사라질 때
나의 연애는
파탄의 골목길
용재 오닐의 비올라 소리 같은 깊고 슬픈
당신의 오랜 귀가

스토커

당신의 손가락
길게 허공을 젓다가 오른손 검지부터 차례로
움켜쥘 때 손 안의 모든 공기는 부풀어 올라
숨조차 멈추는 팽팽한 세계
당신의 발뒤꿈치
창백한 더러 붉은색이 번지는
단 한 번에 목숨을 앗아갈
치명의 기록
그리고 당신의 등
언제나 바라볼 수 있음
후, 등에 대고 멀리서 불어보는 입김
가닿지 않음
누군가의 손바닥 흔적이 희미하게 보이는 아픔
당신의 가슴
그것만큼은 순결이어야 하는
언제나 무릎을 꿇고 머리조차 들 수 없는
내 가엾은 목숨의 저류지
당신의 귀밑머리

몇 올이 턱 선을 따라 내려오다 다시 살짝 말려 올라
간다
  만날 수 없음
  쓸쓸한 회귀
  당신 한가운데 피어난 꽃
  겹겹이 색이 다른 피를 머금은
  입술을 대면 울면서 노래 부르는
  그 노래를 듣는 일은 괴롭고도 즐거워
  차라리 내 안의 칼을 내게 겨누어
  죽음에 이르는 사랑이라 말할 수 없는 사랑

추방

― 寂寞同病客 P에게

처참한 사람들

레 미제라블

꼭 기다려줘

맑은 겨울날 낮달이 뜨면 잊지 않고 찾아갈 거야

콧바람을 홍홍 불어대는 당나귀의 허밍을 들을 거야

그때 우리는 국경 넘어 눈길을 걸어가자

낡은 신발은 젖어 발이 부르트겠지

괜찮아

죽음이란 늘 평균율로 우리를 위협하지

지금 우리는 죽지 않고 살아 있지

괜찮아

우리는 맹목의 종언(終焉)을 맞이하겠지

기다려달라는 말, 조금은 촌스럽지

그만큼 너를 사랑한다는 말

눈길을 걷다 보면 연기가 오르는 집이 한 채 보일 거야

감자를 쪄서 나누자

너에게 보랏빛 모자를 씌워주겠다

눈물의 무늬로 짠 숄을 어깨에 걸쳐주겠다

고향으로 돌아갈 수 없는 사람들
레 미제라블
입김을 후후 불어대며 부르는 노래,
여자였으며 남자였던 그대의 노랫소리를
오래도록 듣겠다

주홍글씨

온 강이 얼었습니다
그대에게 가는 모든 길이 열렸습니다
등불이 켜진 작은 나무집에서 편지를 씁니다
"모든 길이 열렸지만 저는 두렵습니다.
물결이 마주치다 솟아오른 채 얼어버리듯
내 마음결도 불안정합니다"
그대에게 갈 수 없다는 뜻입니다
다만,
수레바퀴 돌아가는 소리
언 강 눈 밟는 소리
봄으로 가는 채찍 소리
그대에게 가는 길을 다시 허무는 소리
싸락눈 위에 찍힌
주홍글씨
"여기 자신의 길조차도 가지 못한 한 영혼이 있다.
새소리에도 놀라는 어리석은 사랑이 있다
언 강이 녹아 풀어졌을 때
또다시 길이 열리기를 기다리는 겁 많은 사내가 있다"

노을 대합실

서해 노을,
사랑이 저러하랴
죽음인들 저토록 붉겠느냐
죽음까지 껴안은
잔인하도록 착한 또 다른 죽음
서쪽 먼 나라를 생각한다
모든 여행자들의 발이 묶인
노을 대합실에서
당신의 손을 잡고 흔들어본다
마지막이다
온몸이 붉게 젖은 채 부서진다
대합실 안이
텅 비었다

귀환

중지와 인지에 날렵한 한쪽 날을 끼고
검푸른 창공을 향해 표창을 날린다
달을 뚫고
엄연한 슬픔마저 갈기갈기 찢고 날아가
힘이 다했을 때
그대 무릎에 가닿아라
그대 흰 속살에 가닿아라
저 별은 빛나건만
서늘함에 그대 온몸 떨어라
그대 흘린 몇 방울 피로
나의 슬픔은 귀환하여
오래된 말구유에 고인 빗물에
하룻밤만
잠을 자고 일어나리
맑게 여윈 어깨를 털고
어느 사막의 남극(南極)이 되어
푸른 밤하늘을 길게 울리야

7번 국도에서 쓰는 편지

로드 무비처럼 걸어서 바다에 왔다. 걷는다는 것은 적당한 가격으로 인생을 거래하는 일. 철 지난 해변의 상가에는 고양이들이 순회하고 있다. 머리 기댈 당신은 없다. 머리를 뚫고 나온 겨울나무들이 바람에 흔들려 어지러울 뿐, 아무 일도 없다. 잠시 겨울나무를 내려놓고 편지를 쓴다.

"행복하신지요. 사랑의 순정, 이런 것이 하마도 남아 있습니까? 10월의 하늘 아래서 당신을 생각하는 일, 푸른 하늘 속으로 가끔 손을 흔들고 가는 구름을 보는 일, 7번 국도 길가에 앉아 담배를 피우면 툭툭 코스모스가 얼굴을 치기도 합니다. 어느 신도 이것을 예언하지는 않았을 것입니다. 바람이 붑니다. 오래전 내가 고아였음을 깨닫습니다. 하마도 사랑의 순정이 남아 있습니까? 이만 총총"

향연(饗宴)

　무우사(無憂寺)라는 절이 있다. 근심이 없다는 말, 좃 같다. 늘 좃이 근심인 내게 그 절 이름은 근심을 더해준 셈이다. 근심은 세리(稅吏)와 같다. 죽음이 신이라고 믿고 살아온 나 같은 놈은 한심하다. 신도 없는 죽음으로 떨어져 마땅하다. 근심 없는 한세상을 살면서 무력한 자신의 사타구니를 몇 번이나 핥으리라. 케냐의 동물원 같은 곳에서 꼬리를 휘휘 저어 파리나 쫓는 일을 하리라. 근심 없는 세상에서 근심에게 근심을 던져주는 신이 되어, 단독자가 되어 향연을 베풀고 싶다. 아무도 초대하지 않은 근심의 향연.

학교

괴로움이 나의 학교였으며 배움이었다. 내 일체가 여기에서 나왔으므로 마땅히 저에게 감사해야 할 일이나 그 또한 마땅히 그러한 일이므로 크게 머리 숙일 필요도 없다. 괴로움이여, 한여름 땡볕 아래 앉아 황홀한 지옥을 생각한다. 그곳에도 봄이 있고 더러 가을도 있는지, 후미진 골목에 괴로운 영혼들이 모여 앉아 술잔을 칠 주막은 있는지, 말미를 얻어 다른 지옥으로 방랑을 떠날 수 있는지, 女子는 있는지…… 괴로움에서 나왔으므로 괴로움으로 돌아갈 터이지만 나로 인해 괴로워하고 또 괴로워할 진짜 어머니가 그곳에는 계시는지 궁금하다. "괴로움은 나의 학교"로 시작하는 교가를 부르다가 문득 뒤를 돌아보면 지상의 모든 얼굴이 환하게 슬퍼진다.

서신에서 보내는 편지

여기는 서쪽 먼 나라다
안개가 창문과 이불을 덮고
할 수 있는 일이란 편지를 쓰는 일
베개를 가슴 깊이 묻고
코스모스 꽃잎을 몽상한다
분홍 꽃잎 안에 한 여자를 새긴다
나는 지금 서신에 있다
바빌론의 옛 노예들처럼 갯내음을 맡으며
한 장 편지를 보낸다
안개의 문을 열어보지만
부드럽고 완강한 그 문은
백 개의 중문(重門)이다
열어도 열어도 닫히는
서쪽 먼 나라에서
물속의 인간처럼 지상에 얼굴을 내밀고
천천히 호흡해본다
늦가을 아침
검은 영혼을 이끌고

나는 물었다
선(善)도 없지요 악(惡)도 없지요
안개 속에서 스무 개의 손이 내게로 와서
배를 쓰다듬어주었다
서신에서 나가는 모든 다리들이 끊어졌다

다시 서귀포(西歸浦)에서

서귀(西歸)
서귀(西歸)
다시,
서귀(西歸)
팔십 리 해안가
검게 우는 모래밭
그대 내민 흰 손,
뭍에 이르러 산산이 부서지고
천둥 같은 목소리
어느 먼 환청처럼 들려올 때
샛마파람에 떨던 죽도화 몇 잎
바람에 지고 말았다

강이 휘돌아가는 이유

강이 휘돌아가는 이유는
뒷모습을 오래도록 보여주기 위해서이다
직선의 거리를 넘어
흔드는 손을 눈에 담고 결별의 힘으로
휘돌아가는 강물을 바라보며
짧은 탄성과 함께 느릿느릿 걸어왔거늘
노을 앞에서는 한없이 빛나다가 잦아드는
강물의 울음소리를 들어보았는가
강이 굽이굽이 휘돌아가는 이유는
굽은 곳에 생명이 깃들기 때문이다
굽이져 잠시 쉬는 곳에서
살아가는 것들이 악수를 나눈다
물에 젖은 생명들은 푸르다
푸른 피를 만들고 푸른 포도주를 만든다
강이 에둘러 굽이굽이 휘돌아가는 것은
강마을에 사는 모든 것들에 대한 깊은 감사 때문이다

섬

섬이라는 말. 길게 여운을 남기며 'ㅁ'이 저 멀리 떨어져 우두커니 앉아 있다. 흩어지지 않으려 부드럽게 자신을 감싸 안는 마지막 자음. 비가 조금은 내리는 그래서 조기 울음이 전설처럼 새벽녘을 울리는 날, 굵은 나일론 줄 같은 사내들의 팔뚝에 감기는 해무. 칠산 앞바다 불은 꺼지고 사람과 섬이 뜯어 먹다 내려놓은 물고기 뼈들이 인광을 내며 바닷물에 씻기고 또 씻기운다. 아무것도 남지 않으리. 띠뱃놀이 같은 노래만 남아 모두 떠난 파시(波市), 찌그러진 술집에 나직이 울리면 억울한 영혼들이 배를 타고 섬으로 돌아온다. 융숭한 귀환. 섬사람들은 바다보다 오래도록 못 본 사람들이 더 무섭다.

결혼식

어느 추운 겨울날
교회에서 결혼식이 있었다
교회 지하 식당에서 밥을 먹고 홀에 앉아 있었다
낯선 사내 둘이 들어왔다
한 사내는 다리를 절고
한 사내는 당당하게 밥을 달라 했다
교회 수위 아저씨가 그냥 돌아가라 하자
무슨 교회가 밥 한 그릇 못 주냐며 꼿꼿이
서 있었다
오늘은 결혼식이 있는 날이니 그냥 돌아가라고
아저씨가 달랬다
무슨 결혼식에서 밥 한 그릇 못 주냐며 크게
호통을 쳤다
곰곰이 생각하며 바라보니
예수께서 당신의 나와바리를 순찰하고 계셨다
관리하고 계셨다

4부

고아(孤兒)

강원도 원성군 지정면 월송리

본적(本籍)

원주시 우산동 어느 점방

흔적(痕迹)

흰 빨래가 널린 원주 쌍다리 아래

출생(出生)

다리 아래서 주워왔다는

그곳에는 쓸쓸한 내 부모가

말 안 듣는 어린 나를 아직 기다린다는

미국으로 이민 간 이모가 실실 웃으며 들려주던 이야기

겨울밤,

아리바아 사막 같은 꿈을 꾸던

그때 사정을

대답해줄 아무도 없는

이제는

외롭게 늙어가는

고아(孤兒)

고아 2

그립다는 움직씨를 지장경에서 발견하곤 난 울었다
—진이정, 「엘 살룽드 멕시코」

내 속에는 세 명의 男性이 산다
끝없이 女子가 되고 싶어 하는 하나
축축한 가랑이를 벌려주고 싶어 한다
누구나 와서 몇 겹의 꽃잎을 들추고 입 맞출 수 있도록
모든 그대들의 마음을 편안하게 그러나 속되지는 않게
어머니가 되고 싶어 한다
아주 아름다운 어머니가 되고 싶어 한다
자신의 손에만 의지해야 하는 다른 하나
내가 연민하는 나다
그를 위해 울어주고 싶은 날은
주막으로 달려가지만 무엇도 위로가 되지 않는다
술병이나 허물다가
집으로 오면 내 모든 남성들은 출타 중이다
아무도 없다
집요한 관음증의 다른 하나
타인의 기쁨을 기쁨으로
타인의 슬픔을 슬픔으로
아무 변용도 없이 받아들인다

나는 내가 그립다
그립다는 말은 자꾸 안으로만 감겨 들어간다
아무것도 그립지 않은 한 남성이 내 성기를 쓰다듬고
위로한다
놀라운, 지긋지긋하도록 놀라운 일
나는 역시 고아였다

예세닌을 생각하는 밤

무언가 들린다
귀를 모은다
귀에서 펑펑 흰 꽃들이 쏟아져 나오는
겨울밤
예세닌은 사랑을 나누었을까
죽어갔을까
혁명이란 겨울밤이지
수염에 성긴 얼음
한 자루 권총은 나의 모든 윤리사상이었지
나의 권총이 나를 겨눈 이유지
혁명이란 독백이지
예세닌은 이런 겨울밤
담배를 물고 보드카를 홀짝이며
또 다른 혁명에 대한 명상에 빠졌을 것이다
女子란 겨울이었을까 여름이었을까
바보 같은 겨울밤이었겠지
푸르르 푸르르 푸른 입김을 토해내는
당나귀가 사는 마구간 같겠지

예세닌은 이런 밤
　사랑을 나누었을까
　죽어갔을까
　혁명이, 수염이, 권총이, 독백이, 여자가, 당나귀가,
예세닌이,

귀와 모자

돌아가신 임영조 시인의 별호는
귀가 웃는다〔耳笑〕였다
며칠 전 시인 이대흠이 보내온 시집 제목은
귀가 서럽다였다
대체로 시인들에게 귀란 각별한 것
하긴 옛날 선비들도 향기를 듣는다〔聞香〕 했으니
시인들이 모자를 좋아하는 것도 알 법하다
혼자 웃고 싶다는 뜻일 테지
서러운 귀를 덮고 싶다는 뜻일 테지
일전에 돌아가신 신현정 시인도
모자 참 좋아했다
하늘 높이 모자를 던져놓고
깜빡 잊고 염소를 따라가다
그만 모자 생각을 하기도 하였다
그리고 아차 그것은 구름이었군
독백도 여러 번 하였다
생전에 그도 귀가 참 서러웠던 시인
언제 한번

무딘 뿔로 시인들의 귀를 문질러주고 싶다
히히덕거리며 푸른 들판 끝나는 곳까지,
거기서부터 다시
혼자다

광저우 광주 서울

광저우 코뮌
천천히 발음해보면
휘날리는 눈 속에 희미하게 반짝이는 별이 보인다
한 발의 탄환이 하늘 높이 올라 끝내
하나의 빛줄기로 흔들릴 때
내 심장은 덜덜 떨고 있었노라
모자를 벗어
낡은 수제 모직 코트 왼쪽 가슴에 대고
오래도록 서 있었을 뿐이다
불행은 없다
걷는 것, 두 눈빛, 심장에 얹은 손
삼위일체의 깃발 아래
나 같은 이념의 떠돌이들은
돌아갈 곳이 없다
반백년이 넘어 광주 코뮌 시절
고등학교 교복을 입은 청년이 서울역 광장을 걸어간다
데모대의 인파 속을 걸어간다
불현듯 스페인 국경을 넘다 죽은 발터 벤야민의

손바닥에 남은 철조망 자국이 떠오른다
손등을 뚫고 나온 철조망에 눈발이 모인다
오오, 흰 입김 사이로 번지는 신음 소리
죽은 자의 소리를 산 자는 들을 수 없다
서울역에서 명동으로 가다가 골목에서 만난
그대의 찬 손
어떤 날은 서늘한 기운이 등을 타고 내려온다

치악산 황조롱이
—마종하 시인을 추모함

추운 봄날
실낱같은 나뭇가지에 앉은
황조롱이이거나
그 발아래 쪼이는 세 가닥
햇살이거나
맑은 날 아침
공원 벤치에 놓여 있는
빈 막걸리 통이거나
행주대교 아래를 막 흘러가는
백 갈래의 물살이거나
살강살강 얼어가는
치악산 계곡물이거나
오오하면
우우하고 불어재낄
화곡동 골목 높새바람이거나

귀거래사(歸去來辭)

돌아온 듯 보이지만 돌아온 적이 없다. 돌아갈 것처럼 보이지만 돌아갈 곳이 없다. 이것이 나의 귀거래사다. 시간의 미래만이 나의 고향이다. 그곳에 설령 꽃이 피지 않고 마실 생수가 없더라도 그리워하리라. 낯선 어느 거리, 몽유의 회벽을 개어 바른 건물 앞에서 나는 헤매리라. 그 집 앞에 혹 박태기 보랏빛 꽃이 피어 있다면 입은 맞추겠지만 사랑하지는 않으리라. 술도 사양하겠다. 담요를 한 장 다오. 부끄러운 아랫도리를 감추고 바다로 향한 길 위에서 동백 아가씨 같은 절창의 노래나 부르겠다. 아주 오랜 옛 친구들이여, 푸른 하늘 아래 붉은 동백이 뚝뚝 지던 그때를 생각하며 코러스를 넣어다오. 허밍이어도 좋다. 내 노래에 대한 야유여도 좋다. 한때 사랑했던 그대들의 목소리를 듣고 싶어 하는 나의 먼 미래를 탓하지 말아다오. 해일이 몰려오거나 폭설이 몰아치거나 그곳에 당도하면 노래 부르겠다. 여기에 왔다. 푸르다 하얗다. 이것이 나의 귀거래사다.

우광식 열전

원주 시공관 옆 복싱체육관. 70년대 중반경, 그러니까 시공관에서는 이소룡의 영화가 상영되던 무렵 마룻바닥을 온통 적시는 땀. 우리나라 최초의 헤비급 복싱선수 우광식. 최초는 아니겠지만 적어도 한번 해볼 만한 유일한 헤비급 선수 우광식. 그는 외로웠다. 늘 샌드백을 두드렸지만 상대가 없었고 줄넘기를 할 때면 마룻바닥이 쿵쿵 울렸다. 무하마드 알리에게 도전장을 내밀었지만 받아들여지지 않았다. 나는 그렇게 알고 있다. 초등학생이던 나는 원주에 갈 때마다 성씨가 같던 우광식을 응원하려고 체육관에 쪼그리고 앉아 있었다. 텔레비전에서 그를 보기를 열렬하게 소원하였지만 본 적이 없었다. 어느 겨울방학 이모의 애인을 따라갔던 시공관 옆 포장마차에서 나의 영웅 우광식 선수가 우동을 먹고 있었다. 빛나는 주먹과 널찍한 등판, 치악산에서 내려오는 눈을 막아내며 국수를 들고 풋워크를 하고 있었다. 아주 오랫동안 눈 내리는 원주 시내가 쿵쿵거렸다. 사람들은 크리스마스 가까운 연말이라 흥청거린다고 생각했지만 무쇠 같은 그의 두 다리가 치고 빠진다는 것을 알지 못했다. 가끔 꿈속에서 치악산 밤나무에 연신 주먹을 내뻗다가 크고 유연한 허리로 상대방 주먹을 피하는 시늉을 하는 우광식 선수를 만나곤 한다. 얼굴에 피가 묻어 있기는 하지만 그의 코너에 흰 수건은 없었다. 피를 닦던 붉은 수건 한 장.

소화(昭和) 십일 년도 《조선문학》에 대한 채만식의 변(辯)

1937년 1월 발행된 《조선문학》에서 실시한 소화(昭和) 십일 년도 《조선문학》의 동향이라는 설문에는 당해년에 대한 다음과 같은 일곱 개의 물음이 들어 있었다. 1. 조선 문학의 길이 어떠했냐. 2. 대표작품. 3. 중요 평론. 4. 창작방법. 5. 문학단체활동. 6. 기대되는 신인. 7. 《조선문학》에 대한 비판과 요망이 그것이다. 당대 일급의 글쟁이들이 심각하게 의견을 개진할 때 채만식의 설문답지를 읽다가 깔깔대고 웃지 않을 수 없었다.

1. 뼈는 줄어들고 살은 조금 쪘다고나 할까요.

2. 그중에 나은 것은 있겠으나 대표작은 못 보았습니다.

3. 표제는 잊었으나 김두용의 것.

4. 몰라요.

5. 그런 게 있었나요.

6. 몰라요.

7. 그저 그런대로 꾸준히 해나가는 거지요. 요망은? 주재하는 분이 금광이나 큰 놈 하나 발견해서 고료나 듬씬 주었으면 합니다.

모든 답안이 파안대소하게 만들었으나 특히 마지막

항목. 요망? 요망이 없다는 이야기다. 할 요량이면 알아서 잘 해보라는 말이다. 1937년 분위기가 물씬 풍기는 금광을 《조선문학》 주재자가 발견했는지 못했는지 모르겠지만 고료나 듬씬 주었으면 좋겠다는 채만식의 바람은 받아들여지지 않았을 것이다. 저 얄밉고 뺀질한 대답에 설령 잡지사에서 금광을 발견했더라도 채만식에게는 청탁을 하지 않았을 성싶다. 이러한 전체적 상황에 대해 채만식 선생께 물어보면 그가 이죽거리며 대답할 듯싶다. "몰라요"

돈(豚), 황

2010년은 우리 돈사(豚史)의 기록 가운데 지울 수 없는 치욕으로 남으리라. 아주 오래전 우리의 조상이 예언했던 굽과 혀의 대재앙이 당도했을 때 어떠한 무리들은 굽을 가리고 야생의 짐승처럼 변장을 했으나 헛된 일이었다. 모두 입을 굳게 다물고 연대했지만 불어닥친 피바람을 피해가지 못했다. 그 몇 개월 동안 마치 개처럼 순종의 혓바닥을 내둘렀지만 오히려 큰 화를 당한 무리들도 있었다. 세상의 인심은 무서운 것이었다. 지옥이 멀리 있지 않았다. 전국 곳곳에서 봉기를 준비했으나 적들의 가공할 만한 무기 앞에서 속수무책이었다. 생매장. 더러 한둘의 동지들이 비닐 장막을 뚫고 탈출하여 산속으로 망명을 도모했다는 풍문이 들려오기도 했지만 아무것도 확인할 수 없었다. 형제들의 시신이 제대로 섞지도 못한 채 흥건한 피와 흐물대는 살들이 함께 흐르는 도랑에서 밤마다 노랫소리가 들여온다. 텅 빈 축사에서 어느 양심적인 돈주(豚主)의 도움으로 숨어 지내며 나는 밤마다 소리도 내지 못하고 울었노라. 살과 내장 그리고 네 발을 바쳐 충성했으니 더 무엇을

할 수 있겠는가? 이제 슬픔 따위는 던져버리고 선언하
노니 기필코 갚으리라. 그대들이 마시는 물속에 우리의
영혼을 담고야 말겠다. 자 마시라. 이 잔은 수고한 그대
들을 위해 마련한 것이니 남김없이 들라. 2010년 말 돈
황에서 이 기록을 남긴다. 아아 아직 모래바람은 가시
지 않았다. 돈(豚), 황.

동행

아버지가 입원한 날 밤부터 소쩍새가 운다
원주에서 평창, 장호원에서 서울,
사우디에서 평택에 이르는 먼 길을
잊지 않고 찾아온 새
오늘 병실에서 운다
오랜 유목의 삶을 살아온 아버지
그 가슴에 끝내
동행해야 할 하나의 소리가 있었나 보다
마디 가는 손가락이 가끔
경련을 일으킬 때마다
소쩍,
수액 맑은 물이
또옥 또옥
떨어질 때마다
소쩍 소쩍
아버지 몸속으로 들어가는 새들
딱딱하게 굳어가는 간을 쪼며
소쩍

소쩍
이제 다시,
아버지와 함께 먼 길을
동행하시는 중이다

치매

— 일(一)과 이(二)가 싸우다

아버지가 누우셨다

항암제를 맞고부터 하루 종일 주무신다

"어떠세요"

대답이 없으시다

전쟁 같은 잠이다

꿈의 잠이다

괴롭도록 꿈을 꾸다가, 잠이 들다가

간혹 부르신다

"생생한 꿈을 꾸었다 일과 이가 싸웠다 일이라는 놈

이 얼마나 드세던지 이라는 놈이 한참 맞더구나"

"숫자 일과 이 말이에요?"

"그래 일과 이, 그놈들 어떻게나 싸우던지……"

아! 일과 이가 싸우다니……

일과 이가 싸운 이야기를 한참 듣다가

심청가 한 구절이 생각났다

"오 아버지 여태 눈을 못 뜨셨소 어서어서 눈을 떠서

나를 보오 어서 —"

아버지가 꿈속에 싸우시는구나

제발 일이 되어 이를 패주세요
그리고 냅다 도망쳐 오세요
꿈 밖으로
어서어서
오, 아버지

가을 나루에서

아버지 업어드릴게요
이승에서 마지막인가요
날아가는 화살처럼 우리들 가슴에 꽂힌 것은
무엇인가요
질기고 더러운 상처가 아버지를 떠나지 않네요
코스모스가 막 피어난 가을날
아버지,
여기서 저기까지만 함께 가세요
지상의 바람도 가을 나루터에서
조금씩 울고 있네요
이 배를 타면
은빛 갈대들이 손을 흔들며 맞아주고
머리에 수건을 두른 할머니가 밥을 짓고
멀리 돌아가는 다래강가에는 연기가 흐르겠지요
테테테테 헬리콥터 나르는 하늘 아래 고인 물만도 즐
거운
고향 생각하세요
아버지,

한 잔만 드세요

그리고 업히세요

여기서 저기까지만 업어드릴게요

고향 작은 개울에서 만나요

초여름쯤 만나요

그때 꼭 다시 업어드릴게요

흐르는 물이 되어 꿈이었다고

아주 긴 꿈이었다고,

아버지,

아버지의 쌀

아버지가 쌀을 씻는다
쌀 속에 검은 쌀벌레 바구미가 떴다
어미 잃은 것들은 저렇듯 죽음에 가깝다
맑은 물에 몇 번이고 씻다 보면
쌀뜨물도 맑아진다
석유곤로 위에서 냄비가 부르르 부르르 떨고 나면
흰 쌀밥이 된다
아버지는 밥을 푼다
꾹꾹 눌러 도시락을 싼다
빛나는 밥 알갱이를 보며 나는 몇 번이나 눈물을 흘렸다
죽어도 잊지는 않으리
털이 숭숭 난 손으로 씻던
그,
하, 얀,
쌀

그늘이 지다

팽팽하던 한낮의 그늘이
빛과의 오랜 싸움으로 상처를 입었다
드문드문 성긴 그늘마저도
뚝,
땅 아래로 떨어진
가을날 오후
아이고
아이고
아이고
땡볕 아래 드러난 적신(赤身)은
이 말밖에 다른 도리가 없다
코스모스도
그렇다 그렇다
고개를 끄덕이며 낮에도 귀뚜라미가 울던
가을날 오후

아버지의 발자국

꾹꾹 눈 쌓인 산소를 밟으며
무슨 대답을 해야 합니까
무엇을 물어도 답할 수 없습니다
어린 날 만종 驛 어느메 즈음에서
당신과 함께 걷던 먼 들판을 기억합니다
그 들판에 눈도 내리고 저녁놀도 지곤 하였습니다
오늘 당신과 나의 거래(去來)는 무엇입니까
무엇이 가고 무엇이 왔습니까
아마도 번뇌 같은 것이겠지요
그물과 같이 던져진 그것
눈이 시린 하늘을
새가 날아오를 때
당신과 나의 거래는 원만히 성사된 것이지요
이제 다시 만종 驛 즈음에서 서성입니다
기사 식당에 들어가 혼자 밥을 먹고
다시 길을 걷습니다
풀리지 않는 답

이것이 저의 대답입니다
아버지의 발자국이 흐려졌습니다

귀향

세상에 태어나 처음으로
아버지 안 계신 가을을 보내고 있습니다
가을날 기러기 기러기는
무논 위를 날며
누가 뭐라 해도
고향으로 가고
고향으로 가고
파밭에 내린 서리
그 위를 찍고 간 새 발자국
하늘과 지상의 경계선을 아슬아슬 그으며
불긋불긋한 황혼 녘을 가로지르며
낙과(落果) 흩어진 과원의 낮은 나무들을 지나
고향으로 가고
슬픔의 회로를 내장한 채,
곧 만나겠습니다

시론

— 친자(親子) 확인

　어느 날 다 큰 여자가 찾아와 당신이 나의 아버지입니다라고 증오에 찬 눈으로 집 문밖에 서 있다면 신부를 맞이하는 신랑처럼 정중하고 사랑스럽게 맞이하겠다. 친자 확인 같은 것은 필요 없이 당신이 내 딸임을 스스로 고백하겠다. 내게 재산은 없지만 정성을 다해 나누어주겠다. 19년 동안 「옵바와 화로」라는 임화의 시를 읽었지만 나는 늘 추웠다. 두 손을 식어버린 난로에 디밀고 무언가 올 적에 모든 것을 다 받아들이리라 결심을 했다. 이미 있는 것들 때문에 앞으로 올 것을 버리지는 않으리라. 얼마나 추웠느냐? 얼마나,

雪山 정거장에 서 있는 낙타 한 마리

엄경희 · 문학평론가

1. 떠도는 자의 고단한 허밍

떠돎과 정주(定住)는 인간의 내면에 양립해 있는 삶의 형식이라 할 수 있다. 이 둘은 서로를 밀어냄으로써 어느 한쪽으로의 편향성을 만들어낸다. 떠돎의 욕망은 낯선 길과 바람을 향해 나아갈 때 비로소 숨결을 되찾는다. 반면 정주의 욕망은 집을 짓고 울타리를 만듦으로써 심장의 박동을 안정시킨다. 이 두 가지 욕망은 서로 다른 삶의 사건과 이야기를 만든다. 즉 떠돎이나 정주에 대한 편향성은 한 개인의 일평생이 녹아드는 시간의 주름과도 같은 것이다. 우대식 시인의 시세계는 일관되게 '떠돎'이라는 삶의 형식을 보여준다. 그가 고향과 귀환을 말할 때조차 떠돎의 욕망은 가라앉지 않는다. 그는 "한번은/차마고도를 걷는 마방으로 살겠다/수염에 고드름을 단 채/허공의 길을 걷겠다/야크 목에 달린 종소리처럼/하나의 파문이 되어/눈 속을 헤치겠다" (「마방(馬幇)」)고 고백한다. 아름답지만 험준한 무역로 차마고도에서 마방으로 살아보고 싶다는 욕망은 그의 '떠돎'의 빛깔을 가장 압축적으로 드러낸다. 이는 다만 아름다운 미지의 세계에 대한 낭만적 동경과는 다른 것으로 전달된다. 수염에 고드름을 매달고 눈 속을 헤치며 가는 마방의 모습은 숨차고 힘겹다. 뜨거운 입김을 몰아쉬는 고된 노역이 이 여정에 담겨 있기 때문이다. 다른 시에서 보이는 "들로 나간 고양이들에게 존경의 염원을 담아 보낸다"(「목사리 개가 이 세상에 고함」)와 같은 구절 또한 고된 노역의 삶을 마다하지 않는 인생 태도를 함축한다. "모래바람 같은 여행자의 허밍을 듣겠다/골반에서 솟아나는,/그러나 사라지는 사람의 흐느낌"(「카페 바그다드에서 쓰는 엽서」)과 같은 구절에서 보이는 '모래바람'과 '흐느낌' 등의 시어 또한 이를 내포한다. 그런 의미에서 우대식의 '떠돎'은 일시적 사건이 아니라 삶의 노역을 더 깊게 살아보고자 하는 욕망이라 할 수 있다.

모든 인간은 여행을 꿈꾸지만 한편으로는 정주의 욕망을 포기하지 않는다. 여행은 정착이 가져오는 일상의 반복과 지루한 안식을 벗어나는 하나의 방법이다. 그러나 때로 누군가에게는 정주보다 떠돎의 욕망이 압도하는 경우가 있다. 자연환경이 유목을 불가피한 것으로 만들 때, '지금-여기'가 부조리하다고 생각될 때, 지옥 같은 이곳이 아닌 저곳에 행복이 있을 거라 기대될 때, 애초부터 '나'에게 뿌리내릴 '이곳'이 없었음을 깨달았을 때 정주의 욕망은 장애가 되거나 무가치한 것으로 내면화된다. 우대식의 경우는 마지막에 해당된다. 이 시집의 첫 장을 장식한 「시(詩)」는 이를 암시적으로 보여주는 대표적인 예이다.

시는 나를 일찍 떠난 어머니였으며
왜소했던 아버지의 그림자였으며
쓸쓸한 내 성기를 쓰다듬어주던 늙은 창녀였으며
머리에 흐르던 고름을 짜주던 시골 보건소 선생이었다
시는
마당가에 날리는 재(灰)였으며
길을 잃고 강물 따라 흐르는 밀짚모자였다
폭풍 전야, 풀을 뜯는 개였으며
탱자나무 가시 아래 모인 새이기도 하였다
늘 피가 모자라 어지러워하던
한 소년이 주먹을 힘껏 모았다 펴면

가늘게 떨리는 정맥

그곳에 시가 파랗게 질려 있었다

—「시(詩)」전문

　정주의 욕망을 생성시키고 보육하는 근본 동력은 어디에서 연원하는가? 그것은 다름 아닌 '어머니'이다. 스스로를 보호할 수 없는 어린 생명은 어머니의 품속에 의지하여 자신을 보존한다. 그런 의미에서 어머니는 생명이 발육하는 터전이다. 어머니가 없는 집은 빈집과도 같다. 이 시에서 주목할 것은 "나를 일찍 떠난 어머니"이다. 어머니의 상실은 근원적 품속의 상실을 의미한다. 그 대리자들이 아버지의 그림자와 늙은 창녀와 시골 보건소 선생으로 표현되고 있는 것이다. 그러나 어머니를 완벽하게 대체할 수 있는 존재란 세상에 없다. 따라서 어머니의 상실은 안정의 터전인 '이곳'의 본래적 의미를 바꿔놓는다. 어머니가 없는 '이곳'은 내가 살아가고 지켜가야 할 가치를 이미 상실한 곳이다. 다른 시 「귀거래사(歸去來辭)」에 보이는 "돌아갈 것처럼 보이지만 돌아갈 곳이 없다. 이것이 나의 귀거래사다. 시간의 미래만이 나의 고향이다."라는 고백 또한 이와 무관하지 않은 것으로 여겨진다. 이곳과 저곳의 차이가 없어졌기 때문에 굳이 이곳이 아니라도 그만이라 할 수 있다. 아니 이곳은 어머니의 상실과 슬픔이 배태된 곳이라는 점에서 저곳보다 훨씬 커다란 결핍이 자리해 있을 가능성을 갖는다. 날리는 재[灰], 길을 잃은 밀짚모자 등 부유하는 이미지는 정착을 떠돎으로 바꿀 수밖에 없는 유년 시절을 상징한다. 시인은 또 다른 시 「이력」에서 "원래의 나로 돌아가기 위해/밤거리를 헤매었지만/아무도 집을 가르쳐주지는 않았다"라고 쓰고 있다. 아울러 「시(詩)」에 보이는 풀을 뜯는 개나 탱자나무 가시 아래 모인 새의 이미지는 모두 불모의 터전을 배회하는 모습을 드러낸다는 점에서 공통적이다. "늘 피가 모자라 어지러워하던/한 소년"은 이 같은 결핍의 이미지를 종합하는 존재의 초상이라 할 수 있다. 시인은 빈혈을 앓은 아이의 손바닥에 파랗게 질려 있는 손금을 자신의 시라고 말한다. 그런 의미에서 우대식의 시는 '이곳'을 상실한 자의 슬픈 허밍이며 '이곳'을 상실했기 때문에 떠돌 수밖에 없는 자의 고단한 허밍이라 할 수 있다.

이곳의 상실을 저곳의 떠돎으로 바꿔가는 과정에는 '저곳'을 가치 있는 것으로 만들지 않으면 안 되는 숙명적 서사가 가로놓여 있다. 저곳으로 나아가는 떠돎이 이곳의 상실을 넘어서 생의 의미를 생성시키지 못한다면 떠돎은 실패이거나 세월의 낭비가 될 것이다. 그런 의미에서 우대식의 떠돎은 차마고도를 넘어가는 마방의 노역을 필요로 한다. 이러한 노역은 혼자 이루어내야 한다는 점에서 각오와 고독을 동반한다. "내가 어렸을 적/내가 어렸을 적/지금과 똑같이 검은 영혼이었네"(「검은 빗속에서」)라는 구절에서 발견되는 '검은 영혼'은 이 같은 고독의 무게를 가장 잘 드러내주는 이미지라 할 수 있다. 한편 저곳에서의 자신을 책임지기 위해서는 삶 속에서 빚어진 무거운 마음의 짐 또한 기꺼이 등에 짊어져야 한다.

　　잠들지 못하는 밤을 위해 의심이 내 등을 다독인다. 내가 너를 지키마. 편히 쉬어라. 어떤 평안이 광배처럼 나를 둘러싸고 있었다.

　　　　　　　　　　　　　　　　　　—「의심」부분

　　무우사(無憂寺)라는 절이 있다. 근심이 없다는 말, 좆같다. 늘 좆이 근심인 내게 그 절 이름은 근심을 더해준 셈이다. 근심은 세리(稅吏)와 같다.

　　　　　　　　　　　　　　　　—「향연(饗宴)」부분

　　괴로움이 나의 학교였으며 배움이었다. 내 일체가 여기에서 나왔으므로 마땅히 저에게 감사해야 할 일이나 그 또한 마땅히 그러한 일이므로 크게 머리 숙일 필요도 없다. 괴로움이여, 한여름 땡볕 아래 앉아 황홀한 지옥을 생각한다.

—「학교」 부분

의심에 둘러싸여 불면을 다스리는 역설적 행위에는 강한 자기 보존력이 숨어 있다. 그러나 이처럼 긴장된 자기 보존력은 얼마나 고단한 것인가. 아울러 삶의 대가로 얻게 되는 근심과 배우고 익혀서 단련해야 하는 괴로움은 얼마나 무거운 것인가. 분명한 것은 그의 떠돎에는 의심과 근심과 괴로움의 무게가 함께 실려 있다는 점이다. 무거운 마음의 짐을 지고 이곳에서 저곳으로 거뜬하게 움직여 가기 위해 시인은 스스로에게 강해질 것을 요구한다. 꿈속에서 만나곤 하는 복서 우광식(시인의 이름과 비슷하다), 얼굴에 피가 나도 백기를 들지 않는 우광식에 대한 시인의 남다른 애정(「우광식 열전」), 꿈속에서 불려진 자신의 이름 "살아야 한다"(「꿈」), 차가운 눈 속에서 빛나는 산수유처럼 남은 세월과 싸워야 한다는 각오(「달력」) 등은 모두 저 무거운 등짐을 이겨내며 저곳으로 움직여 가고자 하는 스스로의 동력이라 할 수 있다. 자신을 강하게 단련하는 가운데 시인은 이렇게 다짐한다. "꽃이 아닌 나의 운명을/받아들이기로 한다"(「오래된 책」), "불편함으로 이어가는 삶도 있다"(「유서(遺書)」)라고. 간명하고 단호한 이 구절에는 모든 불평

불만을 꺾어버리고 자신의 고통을 안으로 체화시킨 자의 단단함이 내포되어 있다.

2. 오래전 고아였음을

떠도는 자의 고단함과 슬픔은 우대식 시세계를 관통하는 서정의 지류라 할 수 있다. 그것의 발원지에는 어머니의 부재라는 근원적 외로움이 고여 있다. 외로움의 동력으로 시인은 이곳을 저곳과 바꿔가며 끊임없이 자기의 운명을 쇄신한다. 그러는 과정에서 그는 자신이 "누구나 와서 몇 겹의 꽃잎을 들추고 입 맞출 수 있도록/모든 그대들의 마음을 편안하게 그러나 속되지는 않게/어머니가 되고 싶어 한다/아주 아름다운 어머니가 되고 싶어 한다"(「고아 2」)고 말한다. 오래전 여읜 어머니를 대리하고 싶어 하는 이 독특한 상상에는 외롭고 쓸쓸한 자신을 연민하는 마음이 담겨 있다. 스스로 어머니가 되어 어미를 잃은 자신을 품어보는 이 눈물겨운 남성을 그는 '고아(孤兒)'라고 명명한다. 그런데 이 고아와 함께 "오랜 유목의 삶을 살아온"(「동행」) 또 한 명의 남성이 있다. 그는 다름 아닌 아버지이다. 이 시집에는 「아버지의 쌀」「동행」「치매」「가을 나루에서」「아버

지의 발자국」「귀향」 등 아버지를 추억하는 몇 편의 시
편이 실려 있다. 시집 전체를 가장 빛나게 하는 수작(秀
作)들이다. 그 가운데 두 편을 소개한다.

아버지가 쌀을 씻는다

쌀 속에 검은 쌀벌레 바구미가 떴다

어미 잃은 것들은 저렇듯 죽음에 가깝다

맑은 물에 몇 번이고 씻다 보면

쌀뜨물도 맑아진다

석유곤로 위에서 냄비가 부르르 부르르 떨고 나면

흰 쌀밥이 된다

아버지는 밥을 푼다

꾹꾹 눌러 도시락을 싼다

빛나는 밥 알갱이를 보며 나는 몇 번이나 눈물을 흘렸다

죽어도 잊지는 않으리

털이 숭숭 난 손으로 씻던

그,

하, 얀,

쌀

　　　　　　　　　　　　　　　　　—「아버지의 쌀」 전문

꾹꾹 눈 쌓인 산소를 밟으며

무슨 대답을 해야 합니까

무엇을 물어도 답할 수 없습니다

어린 날 만종 驛 어느메 즈음에서

당신과 함께 걷던 먼 들판을 기억합니다

그 들판에 눈도 내리고 저녁놀도 지곤 하였습니다

오늘 당신과 나의 거래(去來)는 무엇입니까

무엇이 가고 무엇이 왔습니까

아마도 번뇌 같은 것이겠지요

그물과 같이 던져진 그것

눈이 시린 하늘을

새가 날아오를 때

당신과 나의 거래는 원만히 성사된 것이지요

이제 다시 만종 驛 즈음에서 서성입니다

기사 식당에 들어가 혼자 밥을 먹고

다시 길을 걷습니다

풀리지 않는 답

이것이 저의 대답입니다

아버지의 발자국이 흐려졌습니다

—「아버지의 발자국」 전문

　　우리시에는 아버지와 어머니를 제재로 한 수많은 시
편이 있다. 보편적으로 유년에 대한 향수와 육친에 대

한 그리움이 그 내용의 주류를 이룬다. 우대식의 아버지 시편도 그 가운데 하나라 할 수 있지만 그의 아버지 시편은 남들과는 다소 다른 서사를 지닌다. 그의 시에서 '아버지'는 "이젠 없는 먼 어머니"(「먼 날」)를 대리하는 가장 중요한 인물이라 할 수 있다. 시 「아버지의 쌀」은 어머니를 대신해 밥을 짓고 아이들의 도시락을 싸는 일상 풍경을 묘사한 작품이다. 시인은 쌀뜨물 위로 올라온 바구미를 보고 "어미 잃은 것들은 저렇듯 죽음에 가깝다"고 말한다. 아버지는 이런 바구미를 깨끗이 씻어내어 빛나는 '흰 쌀밥'으로 만든다. 죽음을 닦아내는 것이다. 이때 따뜻한 밥을 짓는 손은 "털이 숭숭 난" 남자의 것이다. 시인은 그 손을 죽어도 잊지 못할 눈물로 의식에 각인한다. 이 부분에서 이 시가 전달하는 슬픔은 극대화된다. 어머니가 되어주었던 아버지, 그 아버지처럼 '나'는 "아주 아름다운 어머니가 되고 싶어 한다"(「고아 2」)고 하지 않았던가. 그런 의미에서 시인에게 어머니되기는 곧 아버지되기이기도 하다. 아버지와의 동질성의 끈이 어머니 혹은 아내의 상실이라는 공분모를 통해 형성되는 것이다. 이러한 동질성에는 혈육이라는 생물학적 차원만이 아니라 어머니(아내)로부터 비롯되었던 상실의 아픔을 함께 겪으며 공동의 생활을 이끌어야 했던 힘겨움과 슬픔이 배어 있다. 그런 의미에서 아버지는 '나'의 외로움을 가장 잘 이해하는, 그러면서 그 자신 '나'만큼이나 외로웠던 동일자라 할 수 있다. 우대식의 아버지 시편이 각별한 의미를 갖는 까닭은 바로 이와 같은 서사의 곡진함 때문이다.

시「아버지의 발자국」은 이 같은 아버지를 상실한 서러움의 노래이다. 시인은 눈 쌓인 아버지의 무덤을 보며 만종 역 부근 '먼 들판'을 떠올린다. 거기 눈이 내리고 저녁놀이 진다. 아버지와 과거의 내가 함께 있는 이 공간은 '들판'이다. 넓게 비어 있는 눈 내리는 들판은 어머니로부터 상상될 수 있는 아늑한 실내 공간(토방)의 상실을 연상케 함으로써 쓸쓸한 부자의 모습을 더없이 허허롭게 만든다. 번뇌처럼, 운명의 그물처럼 왔다가 사라진 아버지의 발자국을 생각하며 "기사 식당에 들어가 혼자 밥을 먹"는 화자는 이제 아버지와의 거래를 종료한다. 그는 이제 완벽한 고아가 된 것이다. 다른 시「바람이 보내는 경배」에서 시인은 "나무에는 푸르고 붉은 힘줄이 엉켜 있다/대지 깊은 곳으로 혈육을 찾아가는 그의 여행은/아주 오래도록 지속될 것이며/한순간에 끝날 일이다"라고 쓰고 있다. 아버지와 함께 겪어왔던 공동의 외로움과 눈물의 거래도 이 지점에선 더 이상 계속되지 않는다. 만종 역 즈음의 들판도, 거기로부터 뻗어 있는 길도 이제는 혼자 서성이고 혼자 가야 할

세계이다. "아버지 안 계신 가을"(「귀향」)을 그는 몇 번이고 지나야 할 것이다.

그런데 어머니의 상실과 어머니 같았던 아버지의 상실을 경험했을 때 그의 시의식을 이끌었던 떠돎의 욕망은 회귀 혹은 귀환의 욕망으로 바뀌기 시작한다. 애초부터 떠돎이 상실감과 연관된 것이었다면 아버지의 상실은 더 많은 떠돎으로 이어져야 할 것이다. 그러나 이러한 논리와 달리, 이 시집에는 아버지의 상실과 동시에 고향으로의 회귀의식이 강하게 노출되고 있다. 여기에는 어떤 심리가 작용하는 것일까? 근원을 완전히 상실한 고아가 돌아갈 곳은 바로 '사라짐'을 확인할 수 있는 자리라 할 수 있다. 모든 것이 사라진 '흔적'이 담겨 있는 곳, 그것이 바로 자신의 자리인 것이다. '사라짐'이 자신의 '있음'을 증명해주는 자리, 아버지는 그곳을 지켜주었던 유일한 존재라 할 수 있다. 자신을 대신했던 아버지를 상실했을 때 그 자리는 이제 전폭적으로 자기의 몫으로 남는다. 이것을 인정했을 때 그 자리는 '향기의 진원'으로 바뀐다.

낙타에게 기다림 없는 나머지 생이란 도대체 무엇인가? 오랜 기억을 더듬어 옛집을 찾아간다. 평택, 낯익은 이름 같기도 하고 낯설기도 하다. 어쩌면 세상의 모든 것은 그러하다. 당신도 그러하다. 떠오른다. 당신이 물을 길어 올린다. 물에서 풀 냄새가 난다. 당신의 손이 담긴 냄새다. 향기의 진원을 찾아 낙타는 걸어간다. 세상의 모든 기다림이 끝났을 때 옛집을 찾아가는 낙타, 정거장은 여전히 석양 중이다.

—「정거장 그리고 낙타」 부분

"세상의 모든 기다림이 끝났을 때" 저 거친 사막과 눈 내리는 들판을 가로지르던 '낙타'는 옛집을 향해간다. 무엇을 기다렸던 것일까? 사랑, 여자, 아니면 "겨울 저녁/간장에 감자를 졸이던"(「마흔네 번째 반성」) 어머니일까? 그것은 아마 외롭고 쓸쓸한 "검은 영혼"(「검은 빗속에서」) 혹은 "검은 몸"(「철창」)을 씻어줄 그 무엇일 것이다. 이 시에 등장하는 풍부한 물과 싱그러운 풀 냄새는 세상 밖이 아니라 옛집에서 퍼져 나온다. 수분이 가득한 옛집과 대비해서 유추해보면, 기다림으로 견디었던 세상 밖은 모래와 같은 메마름의 공간으로 볼 수 있다. '낙타'는 메마름의 공간에서 물의 공간으로 귀환하는 것이다. 거기 풍요로운 물속에 담긴 '당신의 손'이 있다. 이 대목에서 앞서 살폈던 털이 숭숭 난 아버지의 밥 짓던 손을 떠올릴 필요가 있을 듯하다. 아버지의 손이 모성을 대리한 것으로 볼 때 굶주림과 목마름을 진정시켜줄 당신의 '손'과 '물'은 모천(母川)의 의미를 충족시

킨다. 또 다른 시「왼손의 그늘」에 등장하는 음식을 입에 넣어주는 손, 「서신에서 보내는 편지」에 등장하는 배를 쓰다듬어주는 손 또한 이러한 의미 맥락과 연관된다. 손과 물과 풀이 만나 이루어내는 '향기의 진원', 그것은 사라질 수 없는 기억의 '흔적'이며 현존이라 할 수 있다. 그 안에 어린 시절 '토방 한구석'이 놓여 있다.

화롯불에 호박 된장국이 뉘엿뉘엿
졸아가던 겨울밤
육백을 치다가
짧게 썬 파와 깨소금을 얹은 간장에
청포묵을 찍어 먹던 어른들 옆에서
찢어낸 일력(日曆) 뒷장에
한글을 열심히 썼던 먼 날
토방 쪽 창호문을 툭툭 치던
눈이 내리면
이젠 없는 먼 어머니는
고무신에 내린 눈을 털어
마루에 얹어놓고
어둠과 흰 눈 아래를 돌돌 흐르던
얼지 않은 물소리 몇,
이제 돌아오지 않는 먼 밤

돌아갈 귀(歸) 한 글자를 생각하면

내 돌아갈 곳이

겨울밤 창호문 열린 토방 한구석임을

선뜻

알 것도 같다

—「먼 날」 부분

이 시는 어린 시절 눈 내리는 겨울밤의 한 장면을 묘
사하고 있다. 눈 내리는 겨울밤이지만 이 시의 공간은
결빙하지 않는다. "어둠과 흰 눈 아래를 돌돌 흐르던/얼
지 않은 물소리 몇,"이라고 시인은 기억한다. 화롯불과
육백을 치며 나누는 소박한 음식, 그 곁에서 열심히 한
글 쓰기 연습을 하는 화자, 그리고 "이젠 없는 먼 어머
니"가 계셨던 이 기억의 공간은 영원히 '불'을 간직한
채 현존하는 먼 과거이다. 이때 "토방 쪽 창호문을 툭툭
치던/눈"은 토방 안의 사람들을 감싸는 따듯함으로 화
한다. 우대식 시에 '눈' 이미지가 빈번하게 등장하는 것
도 이와 같은 유년의 기억에 대한 무의식적 반향이라
여겨진다. 겨울밤의 추위를 녹이는 화롯불과 어머니의
공간은 "이제 돌아오지 않는 먼 밤"이지만 시인의 마음
은 그곳으로 귀의한다. 앞서 말했듯이 이 사라진 공간
이 자신의 '있음'을 확인할 수 있는 자리이기 때문이다.

이 같은 모성적 공간으로의 회귀는 앞서 잠시 소개한 시 「고아 2」에서 보았듯이 '어머니되기'를 통해 더욱 심화된다.

19년 동안 「옵바와 화로」라는 임화의 시를 읽었지만 나는 늘 추웠다. 두 손을 식어버린 난로에 디밀고 무언가 올 적에 모든 것을 다 받아들이리라 결심을 했다. 이미 있는 것들 때문에 앞으로 올 것을 버리지는 않으리라. 얼마나 추웠느냐? 얼마나.

—「시론」 부분

'어머니되기'는 우대식의 외로운 내면을 치유하는 그만의 독특한 상상력이라 할 수 있다. 남성인 그는 어머니에 대한 그리움을 '어머니되기'로 전환시킴으로써 잃어버린 '화로'를 되찾고자 한다. 잘 알려진 바, 시인 임화의 「옵바와 화로」에 나오는 '거북문(紋) 화로'는 오빠와 동생인 화자 그리고 영남의 삶에 온기를 불어넣는 상징물이라 할 수 있다. 이 시의 화자 누이는 강인한 모성적 목소리를 통해 '깨진 화로'가 암시하는 불행한 현실을 거뜬히 이겨낼 수 있음을 오빠에게 간언한다. 우대식은 이러한 임화의 「옵바와 화로」를 읽으며 "나는 늘 추웠다."고 고백한다. 「옵바와 화로」로부터 울려나오는 누이의 뜨거운 목소리가 역으로 이미 사라진 화롯불과 어머니를 떠올리게 했을지도 모른다. 그는 이러한 마음의 추위를 "모든 것을 다 받아들이리라"는 결심을 통해 밀어내고자 한다. 이 시 마지막 부분 "얼마나 추웠느냐? 얼마나,"라는 구절에는 추웠던 자식의 귀환을 반기는 어머니의 애절한 위로의 목소리가 담겨 있다. 두 손을 따뜻하게 덥혀 모든 돌아오는 것들에게 내어주는 무조건의 사랑으로 추운 마음을 녹여주고 싶은 욕망, 이것이 바로 우대식의 '어머니되기'라 할 수 있다. 그는 '어머니되기'를 거듭함으로써 만종 역 부근 들판을 지나 유년의 토방을, 어머니를, 향기의 진원을 찾아가고 있는 것이다.

3. 그리운 幻 혹은 사랑

우대식 시에 보이는 떠돎의 근원에 "이젠 없는 먼 어머니"(「먼 날」)가 있다면 그와 반대로 귀환의 근원에는 "오랜 유목의 삶을 살아온 아버지"(「동행」)의 상실이 있다. 떠돎과 귀환 사이에 놓여 있는 두 겹의 상실 속에서 그가 기다리고 그리워했던 것은 무엇일까? 이 시집에는 이전 시집에 비해 많은 편수의 사랑시가 실려 있다. 시인이 보여주는 모든 사랑시의 태동을 어머니와 아버지의 상실로 환원시킬 필요는 없을 것이다. 그럼에도 근본 결핍으로부터 생성된 '고아의식'이 사랑에 대한 갈망을 더욱 촉진했을 가능성을 생각해보게 된다. 사랑은 본래적으로 외로움의 소산이 아니던가. 시인은 시 「추방」에서 떠도는 자의 외로움과 사랑을 "눈길을 걷다 보면 연기가 오르는 집이 한 채 보일 거야/감자를 쪄서 나누자/너에게 보랏빛 모자를 씌워주겠다/눈물의 무늬로 짠 숄을 어깨에 걸쳐주겠다/고향으로 돌아갈 수 없는 사람들"이라고 쓰고 있다. 고향으로 돌아갈 수 없는 사람들이란 자신의 뿌리로부터 추방된 고아를 뜻한다. 이 허전하고 가난한 마음에 스며드는 사랑의 형상은 어떤 것일까?

어둡던 하루가 지나간다
공장 굴뚝에서 하루 종일 흰 연기가 쏟아져 나오고
회색 구름은 내 가슴 아래까지 내려와 있다
당신도 그 구름 어딘가에 숨어 있다
비타민을 조금 잘라 당신에게 내민다
구름 속으로 쑥 들어간 내 손을 무언가 핥는다
당신이라 믿는다
믿는다

손이 젖어간다

눈을 뜬다

온통 당신이다

온통 붉다는 말이다

내 손이 제자리로 돌아왔을 때

아무것도 없기를 기도했다

내 젖은 손도 당신의 혀도

붉은 모든 당신도

지상에는 존재하지 않기를

슬프도록 기도했다

검은 구름은 지금 배꼽 아래 와 있다

위태로운 당신의 사랑이 내게 거의

닿고 있다는 말이다

피안으로 흘러가는 배처럼

당신과 나,

—「위태로운 사랑」 전문

　이 시는 구름과 젖은 손 그리고 혀의 이미지를 통해 '붉은 모든 당신'과의 조우를 매우 에로틱하게 그려낸다. 이때 흰 연기는 회색 구름으로 그리고 다시 검은 구름으로 변화되어간다. 좀더 자세히 살펴보면 공장 굴뚝의 연기가 검은 구름으로 변화되고 있다. 아울러 구름은 화자의 가슴에서 배꼽으로 점점 내려온다. 우대식 시에서 '구름'은 여행자의 양식이라 할 수 있다. 카페 바그다드가 있는 사막에서 그의 화자는 "달고도 약간은 질긴 구름을 씹는 일"(「카페 바그다드에서 쓰는 엽서」)을 몽상한다. 7번 국도에서는 당신을 생각하듯 손을 흔들고 가는 구름을 본다(「7번 국도에서 쓰는 편지」). 몽골의 초원에서는 어린 마부가 떼어주는 구름을 받아먹는다 (「어린 마부와 양」). 구름은 삶의 고통과 외로움을 달래주는, 배는 부르지 않지만 기분이 좋아지는(「어린 마부와 양」) 꿈의 암브로시아라 할 수 있다. 사막과 7번 국도와 몽골 초원을 떠돌 때 구름은 피어난다. 다시 말해 공장 굴뚝의 연기가 가득한 도시 공간에는 이 같은 암브로시아가 없다. 그러나 사랑에 대한 열망은 공장 굴뚝의 연기를 구름으로 바꾸어놓는다. 그 구름은 사랑의 절정에서 검은색으로 변한다. 왜 검은색인가? 이 대목에서 "내가 어렸을 적/내가 어렸을 적/지금과 똑같이 검은 영혼이었네"(「검은 빗속에서」)라는 시 구절을 다시 떠올려본다. 당신과의 몽환적 만남을 이루는 순간 꿈의 암브로시아가 어렸을 적 영혼의 빛깔이 되어 손과 혀와 배꼽을 적셔주는 것이 아닐까? 그렇다면 검은 구름은 모든 허식을 벗은 시인의 알몸의 빛깔이라 할 수 있다. 이 검은빛의 구름은 당신과 '나'를 지상의 삶으로부터 유리시켜 피안으로 흘러가게 만든다.

그러나 화자는 "내 젖은 손도 당신의 혀도/붉은 모든 당신도/지상에는 존재하지 않기를/슬프도록 기도했다"고 말한다. 사랑을 열망하면서 동시에 그것의 현존을 원치 않는 이러한 역설은 매우 의미심장하게 읽힌다. '구름'은 원래 천상의 것, 그것은 지상에 닿을 수 없기 때문에 순수한 것으로 몽상될 수 있다. 마찬가지로 속된 지상에 발을 딛는 순간 사랑은 상처와 회한으로 얼룩지고 말 것이다. 해서 화자는 당신과의 사랑이 구름 속에서나 가능한 사랑이기를, 자신의 본래의 영혼으로 되돌아갈 수 있는 사랑이기를, 세속과 몸 섞을 수 없는 사랑이기를 슬프게 기도하는 것이다. 이것이 우대식이 추구하는 사랑의 이데아이다. 그렇기 때문에 그가 추구하는 사랑은 때로 그 자신조차 도달할 수 없는 금기가 되기도 한다.

온 강이 얼었습니다
그대에게 가는 모든 길이 열렸습니다
등불이 켜진 작은 나무집에서 편지를 씁니다
"모든 길이 열렸지만 저는 두렵습니다.
물결이 마주치다 솟아오른 채 얼어버리듯
내 마음결도 불안정합니다"

그대에게 갈 수 없다는 뜻입니다

—「주홍글씨」 부분

제목 '주홍글씨'에 암시되어 있듯이 당신에게 가는 일은 죄짓는 것과 연관되어 있다. 그것은 지상에서 받아들일 수 없는 금기를 위반하는 일이 되기 때문이다. 화자의 두려움과 불안정한 마음이 이를 말해준다. 이를 다시 해석해보면 그가 추구하는 사랑이 현실화되는 것을 스스로 두려워하는 것이라 할 수 있다. 이 같은 사랑은 아름답고 순수하지만 현실에서의 소유를 거부한다는 점에서 쓸쓸하고 덧없는 것이기도 하다. 그런 의미에서 구름처럼 피어났다 사라지는 사랑은 이곳에 있지 않고 늘 저곳 어딘가에 있을 가능태일 뿐이다. 따라서 '붉은 모든 당신'은 현존이 아니라 차라리 '기다림'이라 할 수 있다.

윈난성 신폭 아래
객잔에 들었다
숯불을 피우고 당신이 오기를 기다렸다
쿵쿵 발자국 소리가 들렸지만 먼 당신은
가끔 눈사태만 엽서처럼 보냈을 뿐
흔적이 없다
떡을 떼어 객잔의 창으로 흐르는 눈발에 섞어 먹었다

반야의 밤에 달이 떠오르면

야크의 젖통은 부풀어

신의 나라에서 온 것 같은 울음소리를 냈다

아무것도 나를 지우거나 세울 수 없다고 생각한 적이 있다

붉은 숯불이 잦아든다

국경 아래 뜬 달이 조금씩 기울면서

그 아래를 걷는 당신의 모습이 보인 듯도 했다

환상 속의 당신

그대 어깨가 붉어진다

아뇩다라삼먁삼보리

무명도 무명의 다함도 없다는 설산 국경에서

영원히 만날 수 없는 당신을

기다리던 한 생(生)이 있다

　　　　　　　　　　—「신폭(神瀑)에 들다」 전문

　'환상 속의 당신'을 기다리는 윈난성 객잔의 공간을
자세히 살펴보면 앞서 보았던 시 「먼 날」과 닮아 있다.
「먼 날」에는 화롯불과 토방 쪽 창호문을 툭툭 치던 눈발
그리고 어머니가 등장한다. 마찬가지로 이 시에는 숯불
과 객잔의 창으로 흐르는 눈발 그리고 젖통이 부푼 야
크가 등장한다. 젖통이 부푼 야크는 두말할 것 없이 새
끼를 낳은 어미를 상징한다. 이 같은 동일한 설정이 두

시를 겹쳐 읽게 만든다. 중요한 것은 동일한 설정에도 불구하고 두 시의 차이에 있다. 윈난성 객잔에서 화자는 "떡을 떼어 객잔의 창으로 흐르는 눈발에 섞어 먹었다"고 말한다. 이 공간에서 그는 "청포묵을 찍어 먹던 어른들"(「먼 날」) 없이 혼자 식사를 한다. 숯불이 있어도 떡은 눈발에 섞여 차갑기만 하다. 그리고 어머니를 닮은 야크는 "신의 나라에서 온 것 같은" 소리로 운다. 그 울음은 어린 시절 토방이 아니라 저 멀리 천상에서 울려오는 소리라 할 수 있다. 이러한 차이를 통해 시인은 윈난성 객잔의 공간이 단순한 여행지가 아니라 고독이 생성되는 공간임을 드러내는 것이다. 이 시의 화자에게 윈난성 객잔의 공간은 낯선 이국이면서 동시에 어린 시절의 상념들이 '무의식적'으로 겹쳐지는 결코 낯설지 않은 고독의 공간이라 할 수 있다. 이를 시인은 "신폭(神瀑)에 들다"라고 표현한다. 신폭(神瀑)이라는 한자의 의미가 암시하듯이 차마고도가 시작되는 이곳은 '성스러운' 구도(求道)의 공간이기도 한 것이다. 이곳에서 그는 당신을 기다린다. "무명도 무명의 다함도 없다는 설산 국경"에서 번뇌와도 같은 자기의 고독을 붙들고 "환상 속의 당신"을, "영원히 만날 수 없는 당신을" 기다리고 있는 것이다. 그런 의미에서 우대식의 사랑은 고독이 만들어낸 환(幻)일지도 모른다.

우대식의 떠돎과 귀환 사이, 원난성 객잔과 토방 사이, 기다림과 옛집 사이에는 생각의 정거장과 노을 대합실과 만종 역 즈음 눈 내리는 들판과 가을 나루터가 있다. 그 사이 의심과 괴로움과 근심과 불편함으로 이어가는 삶이 있다. 그는 떠돌며 귀환을 생각하고 귀환하며 떠돈다. 먼 어머니를 그리워하고 털이 숭숭 난 손으로 쌀을 씻던 아버지를 떠올린다. 어머니가 되어보고 따듯한 손이 되어본다. 반대로 "단 하나뿐인 혈육을 잊어버리는 방법/살아서 영원히 헤어지는 방법"(「맘고생」)을 궁리해보기도 한다. "늘 피가 모자라 어지러웠던"(「시(詩)」) 한 소년의 검은 영혼에 깊이 뿌리내린 고독은 '구름'을 만들고 구름 속 사랑을 만들고 환(幻)을 만들고 여행자의 고단한 허밍을 만든다. 그의 허밍은 눈발을 헤집고 차마고도를 넘어, 설산 국경을 넘어, 마음의 전란(戰亂)을 넘어, 향기의 진원에 닿으려 한다. 이 모든 상상의 활기 속에서 포유류의 동선이 움직인다. 굳이 말하자면 우대식의 상상력은 조류의 것도 식물의 것도 아닌, 포유류의 체질에 가깝다. 움직여 가고 멈추어 생각하고 다시 움직인다. 그의 시의 허밍을 이끄는 힘은 바로 여기로부터 생동한다. 고되지만 왜소해지거나 신파가 되지 않는 포유류의 활기, 그것이 우대식이 지향하는 서정의 힘이라 할 수 있다.

문예중앙시선 024

설산 국경

초판 1쇄 발행 | 2013년 1월 31일

지은이 | 우대식
발행인 | 김우석
제작총괄 | 손장환
편집장 | 원미선
책임편집 | 박성근
마케팅 | 공태훈, 김동현, 신영병

디자인 | 오필민디자인
인쇄 | 영신사

발행처 | 중앙북스(주)
등록 | 2007년 2월 13일 (제2-4561호)
주소 | (100-732) 서울시 중구 순화동 2-6번지
전화 | 1588-0905
홈페이지 | www.joongangbooks.co.kr

ISBN 978-89-278-0413-0 03810